我一开始写诗完全是自然状态，遇到露水和昆虫的叫声，生命也会自然发出声音，这声音在我 12 岁去农村时响成了一片。

—— 顾城

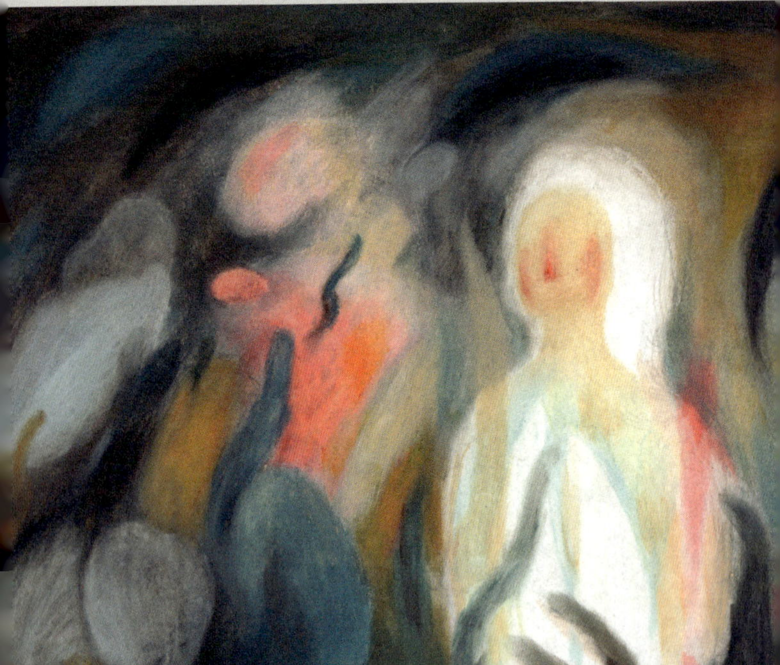

风翅仍在旋转,
变幻着彩色的希望。
它被微风欺骗,
徒劳地追赶夕阳……

度过空白的严冬,
又是早春时光。
万物从冰雪中萌生,
恢复了记忆和理想。

——《风车》

我望着月亮
月亮忘了我
我对它怒视
它却睡着了……

——《月亮和我》

我要干活了
要选梦中的种子
让它们在手心闪耀
又全部撒落在水里

——《我的一个春天》

我赞美世界,
用蜜蜂的歌,
蝴蝶的舞,
和花朵的诗。

——《我赞美世界》

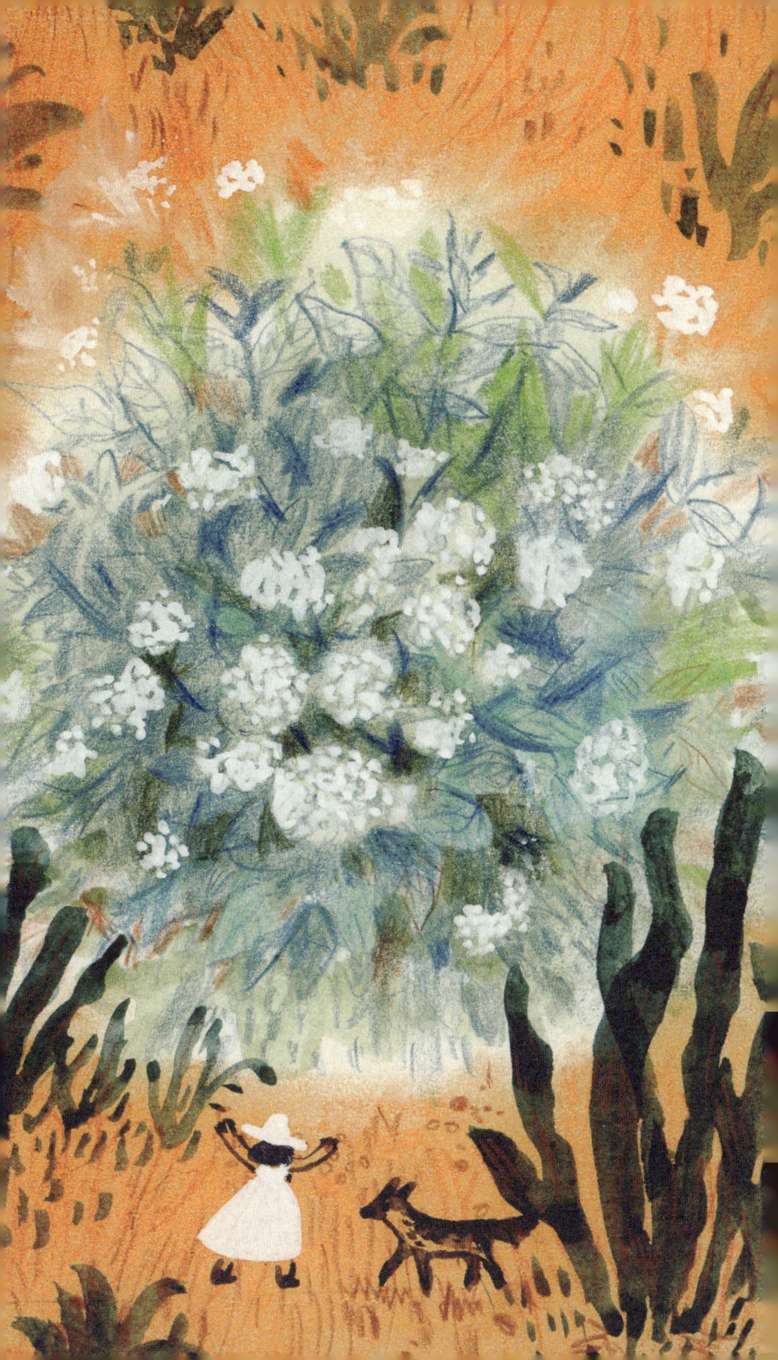

诗人不过是个守株待兔的人,经过长久的等待,他才发现,自己就是那只兔子。

—— 顾城

顾城 著

上满子
大地
在画窗

顾城的诗

浙江教育出版社·杭州

目录
CONTENTS

1964

杨树 / 1

1968

烟囱 / 2

星星与生命 / 2

星月的来由 / 3

1969

我的幻想 / 4

美 / 4

1970

风和树 / 5

太阳照耀着 / 5

残月 / 6

坟墓 / 7

割草谣 / 8

友谊 / 10

1971

无名的小花 / 11

生命幻想曲 / 12

我赞美世界 / 17

蝉声 / 19

幻想与梦 / 19

石岸 / 21

风车 / 22

1972

小树 / 24

雨后 / 24

小风景 / 26

1973
春柳 / 27
我是黄昏的儿子 / 29

1974
再生 / 33

1976
白昼的月亮 / 40

1977
秋千 / 42
小鹿 / 43

1978
石像 / 45
在寂静的冰川上 / 45
初春 / 46
给一种婚礼 / 47
明天需要…… / 48

历史的内战 / 49

1979

种子的梦想 / 51

一代人 / 52

结束 / 53

石壁 / 54

眼睛 / 55

归来 / 56

凝视 / 56

诗情 / 57

风景 / 58

许许多多时刻 / 59

月亮和我 / 62

1980

给我的尊师安徒生 / 64

雪人 / 65

水呀,真急 / 66

花雕的自语 / 68

爱我吧，海 / 70

路 / 75

游戏 / 78

绿地之舞 / 79

祭 / 81

在夕光里 / 82

远和近 / 83

田埂 / 83

小巷 / 84

我总觉得 / 85

解释 / 87

地基 / 88

泡影 / 89

感觉 / 90

弧线 / 91

信念 / 92

世界和我（选章）/ 92

繁衍 / 122

规避 / 123

简历 / 124

不要说了，我不会屈服 / 126

安慰 / 129

我唱自己的歌 / 130

1981

土地是弯曲的 / 132

我是一个任性的孩子 / 133

我们相信 / 138

小花的信念 / 141

自信 / 142

不要在那里踱步 / 143

我要成为太阳 / 145

风偷去了我们的桨 / 148

我的心爱着世界 / 150

还记得那条河吗 / 152

十二岁的广场 / 154

我会疲倦 / 157

噢，你就是那棵橘子树 / 159

1982

在大风暴来临的时候 / 165

我要走啦 / 167

我的一个春天 / 168

我会像青草一样呼吸 / 170

小春天的谣曲 / 171

老人（一）/ 173

原来和后来 / 174

佛语 / 176

生命的愿望 / 177

童年的河滨 / 179

有时，我真想 / 181

节日 / 183

分离 / 184

分别的海 / 186

在白天熟睡 / 190

在尘土之上 / 192

溯水 / 193

暮年 / 195

订婚 / 200

我曾是火中最小的花朵 / 201

南国之秋（二）/ 204

最凉的早晨 / 205

东方的庭院 / 207

海峡那边的平安 / 210

1983

异地 / 212

我不知道怎样爱你 / 214

延伸 / 217

都市留影 / 220

夜航 / 223

很久以来 / 225

海的图案 / 226

浅色的影子 / 231

也许，我是盲人 / 233

的确，这就是世界 / 234

许多时间，像烟 / 235

动物园的蛇 / 237

分布 / 238

就在那个小村里 / 239

1984

剥开石榴 / 242

我是你的太阳 / 243

来源 / 245

熔点 / 246

1985

是树木游泳的力量 / 247

万物 / 248

1986

我们写东西 / 249

革命 / 250

子弹 / 251

1987

门叠 / 252

往世 / 253

直塘 / 254

1988

墓床 / 256

你看我的时候 / 256

字典 / 258

万一 / 260

答案 / 261

1989

一个夏天 / 263

实话 / 264

1990

煮月亮 / 265

花是这样落的 / 266

1991

因为思念的缘故 / 267

活命歌 / 269

你喜欢歌谣 / 270

1992

要用光芒抚摸 / 272

然若 / 273

1993

岛 / 275

回家 / 276

杨树

我失去了一只臂膀,
就睁开了一只眼睛。

1964 年

烟囱

烟囱犹如平地耸立起来的巨人,
望着布满灯火的大地,
不断地吸着烟卷,
思索着一件谁也不知道的事情。

1968 年 9 月

星星与生命

星星望着醒和睡的人们,
大地在黑暗中鼾声沉沉;
我忽然间想到了生命,
因为生命星星和大地才有了声音。

星星眨眼星星并不知道眼睛,

大地沉睡大地并不知道梦境；
它们是死的却被说成活的，
这都是因为我们有生命。

生命散布在天地之中，
它是天地最华美的结晶；
可它一闪而过不由自主走向结束，
它看见了天地天地看不见它们。

1968 年

星月的来由

树枝想去撕裂天空，
却只戳了几个微小的窟窿，
它透出天外的光亮，
人们把它叫作月亮和星星。

1968 年 夜 窗前

我的幻想

我在幻想着,
幻想在破灭着;
幻想总把破灭宽恕,
破灭却从不把幻想放过。

1969 年 5 月

美

我所渴望的美,
是永恒与生命,
谁知它们竟水火不容:
永恒的美,奇光异彩,
却无感无情;
生命的美,千变万化,
却终为灰烬。

1969 年 12 月 火道村

风和树

风如鞭抽打树丛,
树如针切削着风;
风可以说是树在哭泣,
树可以说是风在呻吟。

1970 年 1 月 去二连路上

太阳照耀着

太阳照耀着冰雪,
冰雪在流着眼泪;
它们流到了地上,
变成一汪汪积水。

太阳照耀着积水,

积水在逐渐干枯；
它们飞到了天上，
变成一团团云雾。

太阳照耀着云雾，
云雾在四方飘荡；
它们飘到了火道，
变成一个个空想。

1970年春 火道村

残月

云浆散去了，
风尘落下了，
月亮将半个脸挂在天上，
像刚刚大病一场；

星星比它亮,
篝火比它亮,
愿它慢慢养好伤。

1970年 火道村

坟墓

没有年华的季风,
旋起世间的浮尘;
没有生灵的脚步,
叩响妄想的窄门。

没有思念的暖气,
搅动静寂的空间;
没有希望的萤火,
点缀无尽的光阴。

甚至没有哭泣,

甚至没有呻吟,

都说黑暗和静止,

是这里的全部主人。

黑暗总有一线微光,

于是我相信有灵魂;

静止总有一丝响动,

那是灵魂浮浮沉沉。

1970年9月 东冢公社火道村

割草谣

你用大锄,

我用小镰,

河滩上的草,

总是那么短。

兔娃娃,
急得挖地洞,
猪爷爷,
饿得撞木栏,
　　草就那么短。

晒不干,
锅台光冒烟,
铺不厚,
母鸡不孵蛋,
　　草就那么短。

你拿大筐,
我拿小篮,
河滩上的草,
永远那么短!

1970 年 9 月　二连

友谊

我看见"友谊"像艳丽的花

我知道花会凋零

我看见"友谊"像纯洁的雪

我知道雪会溶化

我看见"友谊"像芳香的酒

我知道酒会变酸

我看见友谊像不朽的金

我知道黄金的重价

1970 年 12 月 31 日 写给父亲

无名的小花

野花,
星星,点点,
像遗失的纽扣,
撒在路边。

它没有秋菊
拳曲的金发,
也没有牡丹
娇艳的容颜。
它只有微小的花
和瘦弱的叶片,
把淡淡的芬芳
溶进美好的春天。

我的诗
像无名的小花,

随着季节的风雨,

悄悄地开放在

寂寞的人间……

1977年初夏
割草归来,细雨飘飘,
见路旁小花含露而作。

生命幻想曲

把我的幻影和梦,

放在狭长的贝壳里。

柳枝编成的船篷,

还旋绕着夏蝉的长鸣。

拉紧桅绳

风吹起晨雾的帆,

我开航了。

没有目的,
在蓝天中荡漾。
让阳光的瀑布,
洗黑我的皮肤。

太阳是我的纤夫。
它拉着我,
用强光的绳索,
一步步,
走完十二小时的路途。
我被风推着,
向东向西,
太阳消失在暮色里。

黑夜来了,
我驶进银河的港湾。
几千个星星对我看着,
我抛下了

新月——黄金的锚。

天微明,
海洋挤满阴云的冰山,
碰击着,
"轰隆隆"——雷鸣电闪!
我到哪里去呵?
宇宙是这样的无边。

  * * *

用金黄的麦秸,
织成摇篮,
把我的灵感和心
放在里边。
装好纽扣的车轮,
让时间拖着,
去问候世界。

车轮滚过

百里香和野菊的草间。

蟋蟀欢迎我,

抖动着琴弦。

我把希望溶进花香,

黑夜像山谷,

白昼像峰巅。

睡吧!合上双眼,

世界就与我无关。

时间的马,

累倒了。

黄尾的太平鸟,

在我的车中做窝。

我仍然要徒步走遍世界——

沙漠、森林和偏僻的角落。

太阳烘着地球,

像烤一块面包。

我行走着,
赤着双脚。
我把我的足迹,
像图章印遍大地,
世界也就溶进了
我的生命。

我要唱
一支人类的歌曲,
千百年后
在宇宙中共鸣。

1971年盛夏 自潍河归来

我赞美世界

我赞美世界,
用蜜蜂的歌,
蝴蝶的舞,
和花朵的诗。

月亮,
遗失在夜空中,
像是一枚卵石。
星群,
散落在河床上,
像是细小的金沙。
用夏夜的风,
来淘洗吧!
你会得到宇宙的光华。

把牧童

草原样浓绿的短曲,

把猎人

森林样丰富的幻想,

把农民

麦穗样金黄的欢乐,

把渔人

水波样透明的希望,

……

把全天下的

海洋、高山

　　平原、江河,

把七大州的

早晨、傍晚

　　日出、月落,

从生活中,睡梦中,

投入思想的熔岩,

凝成我黎明一样灿烂的

——诗歌。

1971年6月

蝉声

你像尖微的唱针,

在迟缓麻木的记忆上,

划出细纹。

一组遥远的知觉,

就这样,

缠绕起我的心。

最初的哭喊,

和最后的询问

一样,没有回音。

1971 年夏

幻想与梦

我在时间上徘徊,

既不能前进,也不想

　　　后退。

挖一个池沼,

蓄起幻想的流水。

在童年的落叶里,

寻找金色的蝉蜕。

我热爱我的梦,

它像春流般

温暖着我的心。

我的心收缩,

像石子沉入水底。

我的心膨胀,

像气球升向蓝空。

让阳光和月色交织,

令过去与将来熔合,

像闪电礼花惊碎夜空,

化为奇彩光波。

早晨来了
知了又开始唱那
无味的歌。
梦像雾一样散去,
只剩下茫然的露滴。

1971 年夏

石岸

寒风推动清亮的波澜,
波澜拥向歪斜的石岸。
石缝中一株淡绿的幼芽,
顽强地展开小小的叶瓣。

1971 年 水塘边

风车

小路停止爬动,
郊野凄凄凉凉。
一个小纸风车,
丢在发白的草上。

风翅仍在旋转,
变幻着彩色的希望。
它被微风欺骗,
徒劳地追赶夕阳……

度过空白的严冬,
又是早春时光。
万物从冰雪中萌生,
恢复了记忆和理想。

这时虔诚的风车,

只剩骨骸飘荡。

候鸟疾速飞过,

谁也不对它张望。

1971 年秋

小树

小树被压得很弯很弯,
弯成力的半圆;
随即它又挺立而起,
让我想到弓的起源。
风复又将小树压弯,
小树复又挺身而站;
那一支支箭射向哪里?
我不断延长我的视线。

1972 年 3 月

雨后

雨后
一片水的平原

一片沉寂

千百种虫翅不再振响

在马齿苋

肿痛的土路上

水蚤追逐着颤动的水波

花瓣,润红,淡蓝

苦苦地恋着断枝

浮沫在倒卖偷来的颜色……

远远的小柳树

被粘住了头发

它第一次看见自己

为什么毫不欢乐?

1972年6月割麦

小风景

楼窗中

  伸出几支竹竿

  挂满湿衬衣……

  晴转阵雨。

  小榆树在煤堆上——

     敬礼

  以为那是

    万国旗。

1972 年 10 月

春柳

沙丘
在慢慢延展
春柳
像喷涌的绿泉

昨天,从前
噩梦抖动如闪电
阴云掩埋童年
在秋天的水边
没有燃尽的败叶
还在余温中留恋

河滩上
足迹散乱
我寻找着枯枝御寒
呵,在蒙霜的土地上

叶芽正悄悄绽裂

星星点点

终于终于,来了

春天

湿风吹胀了落帆

暖流摇晃着冰面

你成长了

你成长呵

脚下是疏松的沙地

头上是晶亮的晨天

纤长,劲健

清美,新鲜

睫毛含着梦的露水

长发浴着春光无限

你成长吧

月月,年年

我却渴望

黄沙相伴

时间的流水

总会淹没诗页

像冲走落叶几片

生活的季风

也将吹散思絮

像吹散浮云一团

1973 年

我是黄昏的儿子

我是黄昏的儿子

我在金黄的天幕下醒来

快乐地啼哭,又悲伤地笑

黑夜低垂下它的长襟

我被出卖了

卖了多少谁能知道

只有月亮从指缝中落下

使血液结冰——那是伪币

泥土一样柔顺的肤色呵

掩埋了我的心和名字

我那渴望震响的灵魂

只有鞭子垦出一行行田垄

不断地被打湿,被晒干

裂谷在记忆中蔓延

可三角帆仍要把我带走

回光像扇形的沙洲

海用缺齿的风

梳着发白拳曲的波发

乌云的铁枷急速合拢

想把我劫往天庭

然而我是属于黑夜的
是奴隶,是不可侵犯的私产
像牙齿牢固地属于牙床
我被镶进了一个碾房

我推转着时间
在暗影中,碾压着磷火
于是地球也开始昏眩
变音的地轴背诵起圣经

青石上凿出的小窗
因为重复,变成了一排
也许是迷路的萤虫吧
点亮了我的眼泪

这是启明星的目光

绕住手臂,像精细的银镯

我沉重的眼帘终于升起

她却垂下了淡色的眼睫

我是黄昏的儿子

爱上了东方黎明的女儿

但只有凝望,不能倾诉

中间是黑夜巨大的尸床

1973年 济南

再生

一

……

你突然来了

　无言地望着……

我说：

　你好

树荫使屋中发暗

心灵在问：

　　说什么？

　　这曾是同一颗心吗？

　　这曾是无间的心吗？

　　为什么像

　　有几重大洋相隔？

……

微风不愿森林睡去

细雨却束住了江河

　　　二

世上难道有真空？

废话会把它填满

　　语言和意愿背道而驰

　　嘴角笑着

　　心在发颤

我对海洋说：

　　　算了！

　　（也许还包括它）

于是我们又相依

不是亲热

只是习惯

一小时

你送给我

长？还是短

要看用什么计时——

是心的跳动

还是钟的旋转

……

三

你说答应吧

是武器，也是一年的报酬

不爱了么？

是

不爱了么？

是

血于是倒灌倒流

泪也忍不住发抖

紧咬的牙关里

闪电在割什么?

　　一样!——

　　爱或木头

你不语

我不语

　等候

　——静默算不算恳求?

你没有张嘴

却收紧鼻翼

　轻轻地：嗯

我想，我永远失去了畏惧

因为我

面对过这样的枪口

四

又是春天呵

   粉花，翠木

但失去是永恒的

   不会在冰雪中复苏

又是一年

   一年是什么？

你是对的

   你是错误？

春天开始

   春天结束

起于欢乐

   终于痛苦

你懂了

我也懂了

   不懂的是爱

   不知是水晶还是露珠

你在雾中说：

  祝你幸福

我笑了

  惊叹嘴角的伟大

  还能弯曲

心却发木

  不知得到的

  是温暖

  还是残酷

五

好吧，再见

 ——永远

照你景仰的欧式礼节

吻

吻到压白嘴唇

门合上了

  是死是生？

门打开了——

    事业

    是的,事业

    我永远唯一的爱人

1974 年春 北京

白昼的月亮

白昼的月亮呵——

像冰山的心脏,

静静漂浮在蓝天的海洋上。

温暖的天海之水,

抚平了你的裂痕,

洗去了你的悲凉……

但却永远不能溶解

你心中的冰冻,

那是比水晶更纯的哀伤。

白昼的月亮呵——

像一片巨大的珠蚌,

悄悄地沉浸在云朵的浅滩旁。

富庶的风潮之波，

送来了朝霞的异彩，

送来了霓虹的奇光……

但却永远无法代替

你心头的星珠，

那是比钻石更美的希望。

我愿作一枚白昼的月亮，

不求炫目的荣华，

不涓世俗的潮浪。

终生忠于——

一月八日的悲恸

四月五日的向往……

1976年4月下旬

秋千

我曾乘着秋千的飞船,
唱着歌,把太阳追赶;
飞呀飞,总又飞回原地,
我只好怨自己的腿短。

我跳下来时,已经天黑,
好长的夜啊,足有十年;
当我又一次找到了秋千,
已经变成了黑发青年。

早晨仍像露水般好看,
彩色的歌儿仍在飞旋;
孩子们大胆地张开双手,
去梳理太阳金红的光线。

孩子,我多想把你高高举起,

永远脱离不平的地面；
永远高于黄昏，永远高于黑暗，
永远生活在美丽的白天。

1977 年

小鹿

在藤萝花和榕树枝编织成的捕网前，
一只梅花小鹿时隐时现。
它纤细的腿一弹一落，
好像大地也变得十分柔软。

小鹿的眼里无端地闪烁着惊喜，
时而看脚下的花丛时而看远处的云团；
它是在寻找它的妈妈？
还是偷偷跑出来游玩？

终于它踏上了美丽的捕网,
细细地叫一声便落进深涧。
哀叹大自然最纯美的天使,
竟比不过猎人眼里的银元。

1977 年

石像

暗红色粗砂石凿制的神像,
成排成行占据了宏大的殿堂,
我在神像中飞速疾走,
按捺着粉碎一切的渴望。

1978年1月 记一个怪梦

在寂静的冰川上

在寂静的冰川上,
亭立着阿佛洛狄忒的雕像。

雪花是她生命的细胞,
纯白中闪耀着奇光。

在女神洁净的裙边,

安眠着一只漆黑的小羊。

它的梦那样洁净,

体温和冰雪一样。

1978 年 2 月

初春

阴沉的天空在犹豫:

是雪花?还是雨滴?

混浊的河流在疾走:

是追求?还是逃避?

远处的情侣在分别:

是序幕？还是结局？

1978年3月

给一种婚礼

红色的帷幕后，
是悲？是喜？

两个人站在中间
周围是华丽的道具。

今天是欢笑的花朵，
明天会不会结出泪滴？

1978年 题照片《婚礼》

明天需要……

庞大的挖掘机
浑身抖动，浑身抖动
好像在发一种癔症
　　呼隆隆——哼哼
　　呼隆隆——嗡嗡

吓呆的老榆树
歪向一边，歪向一边
小鸟们已无影无踪
　　丢手绢的孩子
　　都睁大惊诧的眼睛

原谅它吧，小公民
原谅它粗犷的劳动
它在造音乐大厅
　　明天需要小夜曲

明天需要绿草坪

1978 年

历史的内战

历史
是过去又是明天

历史
是被告又是法官

呵，呵
过去向明天
举起刀剑

法官将被告
庄严审判

1978 年 3 月

种子的梦想

种子在冻土里梦想春天。

它梦见——
龙钟的冬神下葬了,
彩色的地平线上走来少年;

它梦见——
自己颤动地舒展着腰身,
长睫旁闪耀着露滴的银钻;

它梦见——
伴娘蝴蝶轻轻吻它,
蚕姐姐张开了新房的金幔;

它梦见——
无数儿女睁开了稚气的眼睛,

就像月亮身边的万千星点……

种子呵,在冻土里梦想春天,
它的头顶覆盖着一块巨大的石板。

1979 年 1 月

一代人

黑夜给了我黑色的眼睛
我却用它寻找光明

1979 年 4 月夜半

结束

一瞬间——
崩坍停止了,
江边高垒着巨人的头颅。

戴孝的帆船,
缓缓走过,
展开暗黄的尸布。

多少秀美的绿树,
被痛苦扭弯了身躯,
在把勇士哭抚。

砍缺的月亮,
被上帝藏进浓雾,
一切已经结束。

1979年5月 于嘉陵江畔

石壁

两块高大的石壁,
在倾斜中步步进逼。

是多么灼热的仇恨,
烧弯了铁黑的体躯。

树根的韧带紧紧绷住,
岩石的肌肉高高隆起。

可怕的角力即将爆发,
只要露水再落下一滴。

这一滴却在压缩中突然凝结,
时间变成了固体。

于是这古老的仇恨便得以保存

引起了我今天的一点惊异。

1979 年 5 月 重庆 北碚 一线天

眼睛

打开一顶浅蓝的伞
打开一片清澈的天
微风吹起一丝微笑
又悄悄汇入泪的海湾

在黄金的沙滩上
安息着远古的悲剧

在深绿的波涌中
停着灵魂的船

1979 年 5 月

归来

黑夜走出岩洞,
夕阳还在翘望。

一条长长的游影,
投向发呆的村庄。

老人和牛归来了,
拉着古代的车辆。

1979 年 5 月 川北路上

凝视

世界在喧闹中逝去,
你凝视着什么,

在那睫影的掩盖下,
我发现了我。

一个笨拙的身影,
在星空下不知所措。
星星渐渐聚成了泪水,
从你的心头滑落。

我不会问,
你也没有说。

1979 年 6 月

诗情

一片朦胧的夕光,
衬着暗绿的楼影。

你从雾雨中显现，
带着浴后的红晕。

多少语言和往事，
都在微笑中消融。

我们走进夜海，
去打捞遗失的繁星。

1979 年 6 月 重庆

风景

远江变得青紫，
波浪开始奔逃。

风暴升起了盗帆，

雨网把世界打捞。

水泡像廉贱的分币,
被礁岩随意乱抛。

小船伸直了桅臂,
做着最后的祷告。

太阳还没有归隐,
又投下一丝假笑……

1979 年 6 月 芜湖

许许多多时刻

许许多多时刻
有我看到的

有我想到的

有不睡午觉的孩子

告诉我的

各种形态的

像叶片一样活泼的

时刻,在风中唱歌

使天空变成一片

浅蓝色的火星

火星,浅蓝色

在梦里闪闪烁烁

我需要那些时刻

就像南方的红土地

需要榕树的根须

从空中垂落

我需要它们,需要

它们在我的身体中生长

缠绕住我的心

我的脉搏

使它永远不会干枯

不会在疲倦中散落

呵，许许多多时刻

在我生命中生长的时刻

悄悄展开了

展开了那样多细小的花瓣

展开了语言，爱和歌

它们终将要

茂盛地把我覆盖

用并不单一的绿色

代表生活

我将在绿色中消失

我将为许多美好的

时刻，美好得

像一枚枚明亮的浆果

在山地倾斜的阳光里

等待

等待着不睡午觉的

孩子们长大

长大,成为运行者

1979 年 8 月

月亮和我

我看着月亮

月亮看着我

我向它微笑

它不动声色……

  又大又圆

 黄眼睛冷冷漠漠

我望着月亮

月亮忘了我

我对它怒视

它却睡着了……

  又细又弯

  金睫毛闪闪烁烁

1979 年 11 月

给我的尊师安徒生

安徒生和作者本人都曾当过笨拙的木匠。

你推动木刨,
像驾驶着独木舟,
在那平滑的海上,
缓缓漂流……

刨花像浪花散开,
消逝在海天尽头;
木纹像波动的诗行,
带来岁月的问候。

没有旗帜,
没有金银、彩绸,
但全世界的帝王,
也不会比你富有。

你运载着一个天国,
运载着花和梦的气球,
所有纯美的童心,
都是你的港口。

1980 年 1 月

雪人

在你的门前
我堆起一个雪人
代表笨拙的我
把你久等

你拿出一颗棒糖
一颗甜甜的心
埋进雪里

说这样就会高兴

雪人没有笑
一直没作声
直到春天的骄阳
把它溶化干净

人在哪呢？
心在哪呢？
小小的泪潭边
只有蜜蜂。

1980 年 2 月

水呀，真急

水呀，真急，真急，

桥墩后有几条小鱼……

它们在举行会议,
研究着前进还是退避。
太阳在桥面上走过,
带着几分醉意。

研究在不断继续,
河水在不断流去。
月牙在桥栏边停靠,
似乎要看个仔细。

水呵,真急,真急,
桥墩后有几条小鱼……

1980年3月

花雕的自语

相传,花雕是新婚之日埋在地下,到花甲之年才开启的绍兴美酒。

我的颅穹完满而光润
贮藏着火和泉水
贮藏着琥珀色的思念
诗的汁液,梦的沉香
朦朦胧胧的乞求和祝愿

这记忆来自粘满稻种
粗瓷般反光的秧田
来自土窖,紫云英的呼吸
无名草的肤色
帆影和散落在泥土中的历史

在一个红烛摇动的时刻

我被掩埋,不是为了
追悼,而是为了诞生
这是季风带来的习俗
也是爱在人间的秘密

我听见落叶、犁掘、夯声
听见蝉和蛹的蜕变
听见蚯蚓和鼹鼠的抚问
(它们把我设想成为
一枚古海岸上巨大的圆贝)

然而,我的创造者
那排门和腰门的开启
柴的破碎,孩子的铃铎
渐渐加重的步音,回忆
我都无法听见

渴求,在渴求中成熟

像地下的根块

——被阳光遗忘,缺少喜色的果实

在无法流露的密封之中

最醇的爱已经酿透

我幻想着昏眩的时刻

白发和咿呀的欢笑

我将倾尽我的一切呼唤

在暂短的沉寂里

溶化星夜和蓝空

1980年4月 于绍兴

爱我吧,海

> 我没有鳃,
>
> 不能到海上去。
>
> ——阿尔贝蒂

爱我吧,海

我默默说着

走向高山

弧形的浪谷中

只有疑问

水滴一刹那

放大了夕阳?

爱我吧,海

我的影子

被扭曲

我被大陆所围困

声音布满

冰川的擦痕;

只有目光

在自由延伸

在天空

找到你的呼吸

风，一片淡蓝

爱我吧，海

蓝色在加深

深得像梦

没有边

没有诱蚀的岸

爱我吧，海

虽然小溪把我唤醒

树冠反复追忆着

你的歌

一切回到

最美的时刻；

蝶翅上
闪着鳞片
秋叶飘进叹息
绿藤和盲蛇
在静静缠绕……

爱我吧,海

远处是谁在走?
是钟摆
它是死神雇来
丈量生命的

爱我吧,海

城市
无数固执的形体
要把我驯化

用金属的冷遇
笑和轻蔑；
淡味的思念
变得苦了
盐在黑发和瞳仁中
结晶
但——

爱我吧，海

皱纹，根须的足迹
织成网
把我捕去
那浪的吻痕呢？

爱我吧，海
一块粗糙的砾石
在山边低语

1980 年 4 月 上海

路

……时间

在我的心上

缓缓碾过

破碎的薄冰下

又涌出了泥浆——

陈旧的血

我躺着,沉默着

因为我是路

命里注定

要被践踏

我受伤了

我把伤痛传给

——大地

于是,森林开始抖动

湖泊发出

低低的呻吟

那巨大笨重的山脉

也蜷缩在一起

然而，我却伸展着

沉默

我的痛苦

不会随着呼喊

像候鸟般

——飞散

也不会

由于乌云的倾翻

而减轻

甚至最纯的雪

也无法

包扎和掩盖

我是路

我是一条
胶结的
无法流动的河

因为那些
重镇和新城
那些瘤的吮吸
我才
变成了
今天的形态

呵,够了
还是听北风
唱一支骗人的
歌吧!
让冰的针芒
给我纹身
我的心上

再没有绿色

几束干枯的车前草

升向天庭

1980 年 5 月

游戏

那是昨天？前天？

呵，总之是从前

我们用手绢包一粒石子

一下丢进了蓝天——

多么可怕的昏眩

天地开始对转

我们松开发热的手

等待着上帝的严判

但没有雷,没有电
石子悄悄回到地面
那片同去的手绢呢?
挂在老树的顶端

从此,我们再不相见
好像遥远又遥远
只有那颗忠实的石子
还在默想美丽的旅伴

1980 年 6 月

绿地之舞

绿地上,转动着,
恍惚的小风车,
白粉蝶像一片漩涡,

你在旋转中飘落,

你在旋转中飘落……

草尖上,抖动着,

斜斜的细影子,

金花蕾把弦儿轻拨

我在颤音中沉没,

我在颤音中沉没……

呵,那触心的微芳,

呵,那春海的余波,

请你笑吧,请我哭吧,

为到来的生活!

为到来的生活!

1980 年 6 月

祭

我把你的誓言
把爱
刻在蜡烛上

看它怎样
被泪水淹没
被心火烧完

看那最后一念
怎样灭绝
怎样被风吹散

1980年6月

在夕光里

在夕光里,
你把嘴紧紧抿起:
"只有一刻钟了!"
就是说,现在上演悲剧。

"要相隔十年,百年!"
"要相距千里,万里!"
忽然你顽皮地一笑,
暴露了真实的年纪。

"话忘了一句。"
"嗯,肯定忘了一句。"
我们始终没有想出,
太阳却已悄悄安息。

1980 年 6 月

远和近

你
一会看我
一会看云

我觉得
你看我时很远
你看云时很近

1980 年 6 月

田埂

路是这样窄么?
只是一脉田埂。

拥攘而沉默的苜蓿，
禁止并肩而行。

如果你跟我走，
就会数我的脚印；

如果我随你去，
只能看你的背影。

1980 年 6 月

小巷

小巷
又弯又长

没有门

没有窗

你拿把旧钥匙
敲着厚厚的墙

1980 年 6 月

我总觉得

我总觉得
星星曾生长在一起
像一串绿葡萄
因为天体的转动
滚落到四方

我总觉得
人类曾聚集在一起

像一碟小彩豆

因为陆地的破裂

迸溅到各方

我总觉得

心灵曾依恋在一起

像一窝野蜜蜂

因为生活的风暴

飞散在远方

1980年6月

解释[①]

有人要诗人解释
他那不幸的诗
诗人就写了
一篇又一篇解说词
越写越被叫好诗

后来他去了广交会
发现那里全是诗
于是他当选了解说员
人人说他很称职

再没有人要他解释
他那有幸的诗

1980年6月

[①] 这首《解释》的早期版本是:
有人要诗人解释 / 他那不幸的诗
诗人回答: / 你可以到广交会去 / 那里所有的产品 / 都配有解说员

地基

蜷缩的城市
伸出手——推土机
推平了一畦又一畦菜地

肥沃不再是荣誉!

无所事事的土块们
在等待砖石和水泥
在等待新度量——平方米

一小段田埂还在发绿

一棵小树站在上面
想象着航行
想象着岛屿……

想象着
周围是海,自己是旗

1980 年 6 月

泡影

两个自由的水泡,
从梦海深处升起……

朦朦胧胧的银雾,
在微风中散去。

我像孩子一样,
紧拉住渐渐模糊的你。

徒劳地要把泡影,

带回现实的陆地。

1980 年 7 月

感觉

天是灰色的

路是灰色的

楼是灰色的

雨是灰色的

在一片死灰之中

走过两个孩子

一个鲜红

一个淡绿

1980 年 7 月

弧线

鸟儿在疾风中
迅速转向

少年去捡拾
一枚分币

葡藤因幻想
而延伸的触丝

海浪因退缩
而耸起的背脊

1980 年 8 月

信念

土地上生长着信念

有多少秋天就有多少春天

是象就要长牙

是蝉就要振弦

我将重临这个世界

我是一道光线

也是一缕青烟

1980 年 8 月

世界和我(选章)

(1) 第一个早晨
推开门

带上最合法的表情

不要看见别人

也藏好自己的心

煤烟沉沉

再叫我的名字

我不承认

(2) 位置

心、心

一排排

像暗淡的古钟

挂在教堂的顶端

在需要时

才会交响

(3) 仪式

小蜡人

站在窗边,站好

对窗外的我

永远惊奇吧

(4) 涉

没有一个海湾

比渴求的眼睛

更深

乞丐的手

像珊瑚般生长

(5) 断片

孩子对妈妈说:

我想飞呢

蒲公英离开了

他的头顶

(6) 我想

我想哭

我想让秋天的暴雨

在心上涌流

我想笑

我想在春天的呼吸中

继续长高

(7) 问

落叶

你是被打碎的春天吗?

那我散落的头发

又是什么?

(8) 中和

我变成一支情歌

去爱雪

去爱纯白的大地

让那舒畅的寒冷

去中和

热恋的火焰

(9) 梦

在寂寞中

花,占领了天空

再不需要蝴蝶

每朵花

都有轻柔的翅膀

都有你的芳馨

(13) 墓门

你站在

黑夜的门前

站在最后的夕光里

燃烧的发缕

一<u>丝丝</u>

飘进死亡

你看见了石像

(14) 安息

月亮是假的

它只是舷窗的灯光

我漂在船后

静听着永恒的喧响

(15) 梦很清醒

苦咸的海湾里

能漂浮甜果吗?

在大海枯萎之后

水草将长上天空

我将化为深绿的抛物线

重新表现自己

(16) 安息的不安

在苇叶的天地里

会有一只眼睛?

我的心跳了

我害怕回声

也害怕没有回声的呼喊

(18) 你笑了

你的笑

是大海拥抱海岛的笑

是星星跳跃浪花的笑

是椰树遮掩椰果的笑

你笑着

使黑夜奔逃

(19) 问答

黑夜是贼吗？

他盗走了什么？

不

是我撕坏了他的衣角

是我拿走了他的弯刀

(20) 第三个早晨

巨大的树木

为什么

我想拥抱你

早晨来了

小草都在土岗上眺望

你已看见了

她浅红的衣裳

(21) 我怕,我不怕了

我怕人知道我的心

我怕人看见我的心

他们有枪

他们有刀

他们的铜茶炊

泛着油光

在这里

我不怕了

这里草比人高

我的心结识了小野兔

和它一起蹦跳

(22) 你又笑了

当闪电的纵队

驰过之后

你微微一笑

额发遮住了眉毛

小枞树晃了一下

瘦弱而强大

(23) 追念

白热的空气

取消了一切

一切范畴和边界

你却扎起一束黑纱
想去追悼残夜

(24) 墙和窗
墙,使我们隔离
窗子,使我们联系

我们需要更大的窗子
却不想从墙中走出

(25) 太阳看见了我
太阳看见了我
我说:
你为什么
总把我留给黑夜呢?

在叹息中

颤动的书页

从没有告诉我什么

(26) 退避

当闹市带着诱惑

向我逼近的时候

我只能低下头

(27) 白天

白天

所有旗帜

都获得了色彩

所有衣裙

都开始飘舞

我心中的夜

也想飞走了

(28) 又问

风呵

你带走了诗页

带走了呼唤

带走了所有灰烬

我,你不曾看见?

(29) 第四个早晨

一棵模糊的树

分出无数枝叉

你淡淡的目光

似乎忘记了选择

(30) 微微的希望

我和无数

不能孵化的卵石

垒在一起

蓝色的河溪爬来

把我们吞没

又悄悄吐出

没有别的

只希望草能够延长

它的影子

(32) 回复

当风

把窗纸吹破之后

我便不再怕了

我比风

更自由

我比风

更狂暴!

(33) 请求

不要回头

不要看

不要给我留下

不可解释

又不能忘记的

目光

听,天幕之后

有多少孩子在笑

(34) 桅杆(树)

你不断在陆地上升起

又不断在海中沉没

我的攀登

多么徒劳

（35）古堡

A

战争的天花

损坏了你的面颜

大大小小的弹坑

已经结疤

不要嫌弃我的影子

虽然它难以洗白

请相信它胜过云朵

那松落的绷带

B

把一切希望的狂喊

留在古堡里

走出来的

只是喑哑的影子

(36) 有关修复

A

当地球

破裂的时候

我多想把它粘好

不是用血

不是用泪

是用幻想之树上

纯白的乳胶

B

不，地球经过震荡
依旧完好

破损的只是面具后
那空虚的头脑

(37) 恐怖

我伏在平原上
恐怖地看见
另一颗亮星
徐徐迫近

你也忘记了自己

(39) 悟

树木结满了果实
便不再是树木

(41) 叛道

在每个朝圣者

的心上

都有一片沙漠

酋长

我要离开你

去独自生活

(42) 无用的发现

从海上来的云

发现了裂谷

竟无法回去报信

在人类之间

鸿沟还将长存

(43) 争论

梦,悄悄地

传来一张纸条

告诉我

生活是假的

生活说:

不,是梦

(45) 挣扎

一个太阳

在头巾里挣扎

它不愿作为礼物

被送给皇家

(46) 隐形

在温存的丘陵上

太阳留下了轨迹

我没有脚印
我没有脚
我抛弃了人

只有这时
我才敢询问

(48) 思的满足

每块巨石下
都有一袋银币

你却在巨石上
唱歌
你有更多的秘密

(49) 赴约

太阳和月亮

轮流等待

她们比地球更冷静

她们比地球更热情

但有谁相信

我的翅膀

是纸叠的

(51) 再生鸟

你落在盾牌上

金亮的眼睛逼视我

我害怕相信

我害怕那模糊的应允

我害怕

昨夜的积水

又化为飞云

(52) 第五个早晨

把黑夜撩开

宣布：

太阳，请进

(55) 技巧

在印着圣母的

明信片上

写一首诗

用三行赞美圣婴

用一行咒骂自己

(56) 搜集

我是研究古币的人

每枚磨损的太阳

都被我买下

(57) 弥合

在现实断裂的地方

梦

汇成了海

(59) 第六个早晨

在薄暗里

花朵轻轻飞来

心像透明的水母

微微摇摆

(60) 紫云英

紫云英,紫云英

你把我掩埋吧

不要让灯看见

不要让星星看见

不要让多嘴的鸟看见

我要在你的耳语中

消失

(61) 边界

无数树木的骨骼

钉成墙

在探照灯下

闪着白光

谁不爱家乡

可总有逃亡

(62) 抉择的继续
晨光中

你那么不真实地站着

像个字母

我不是走近

就是走开

(66) 播
骏美的小马

从我身上踏过

它是古汉墓前

浮雕的子孙

它从我身上踏过

我的思想

便不再荒凉

诗句像一<u>丛丛</u>灌木

把流沙阻挡

(67) 爆发

红海兴奋了

热情的浪推着大陆

小船在颠簸

月亮诞生不久

在惊奇地看着

(71) 绝音

干死的草

裹着溺死的小猫

赞美总有相应的诅咒

可惜

再无法表达

(73) 变

在白天

我变得很黑

在黑夜

我变得很白

我想变成蓝色的

应该到哪里去呢?

(75) 又一次请求

你在地铁旁边

你在橱窗旁边

你在无数人和物的旁边

你总在旁边

在我的心里

你不要这样吧

(78) 第八个早晨

在醒来时

世界都远了

我需要

最狂的风

和最静的海

(79) 探望

在夜的底片上

显出一个又一个

十字架

伸着短臂

能够阻挡谁?

是我吗

是我对你的探望吗

(83) 折射

在世界上

我感到了你

在你眼里

我看到世界

我需要

我的位置

(84) 复活的钟声

青铜在震响

晴空在震响

荒原

石块

海

浪

水纹

死亡

灵魂在震响

世界在震响

(85) 第九个早晨

口哨是漂亮的叹息

它是星星发明的

在希望的天窗上

悬挂着绿苹果

1980 年 8 月

繁衍

古老的海岸

新鲜的沙滩

长满牡蛎的十字架

歪向一边

繁衍哪

懦弱而又大胆

在锈蚀的死亡上

寻找生的空间

1980 年 10 月

规避

穿过肃立的岩石

我

走向海岸

"你说吧

我懂全世界的语言"

海笑了

给我看

会游泳的鸟

会飞的鱼

会唱歌的沙滩

对那永恒的质疑

却不发一言

1980 年 10 月

简历

我是一个悲哀的孩子

始终没有长大

我从北方的草滩上
走出，沿着一条
发白的路，走进
布满齿轮的城市
走进狭小的街巷
板棚，每颗低低的心

我在一片淡漠的烟中
继续讲绿色的故事

我相信我的听众
——天空，还有
海上迸溅的水滴
它们将覆盖我的一切
覆盖那无法寻找的
坟墓，我知道

那时,所有的草和小花

都会围拢,在

灯光暗淡的一瞬

轻轻地亲吻我的悲哀

1980 年 10 月

不要说了,我不会屈服

不要说了

我不会屈服

虽然我想生存

想稻谷和蔬菜

想用一间银白的房子

来贮藏阳光

想让窗台

铺满太阳花

和秋天的枫叶

想在一片静默中

注视鸟雀

让我的心也飞上屋檐

不要说了

我不会屈服

虽然我渴望爱

渴望穿过几千里

无关的云朵

去寻找那条小路

渴望在森林和楼窗间

用最轻的吻

使她睫毛上粘满花粉

告别路灯

沿着催眠曲

走向童年

不要说了

我不会屈服

虽然我需要自由

就像一棵草

需要移动身上的石块

就像向日葵

需要自己的王冠

我需要天空

一片被微风冲淡的蓝色

让诗句渐渐散开

像波浪那样

去传递果实

但是,不要说了

我不会屈服

1980年10月

安慰

青青的野葡萄
淡黄的小月亮
妈妈发愁了
怎么做果酱

我说：
别加糖
在早晨的篱笆上
有一枚甜甜的
红太阳

1980 年 10 月

我唱自己的歌

我唱自己的歌

在布满车前草的道路上

在灌木和藤蔓的集市上

在雪松、白桦树的舞会上

在那山野的原始欢乐之上

我唱自己的歌

我唱自己的歌

在热电厂恐怖的烟云中

在变速箱复杂的组织中

在砂轮和汽锤的亲吻中

在那社会文明的运行中

我唱自己的歌

我唱自己的歌

既不生疏又不熟练

我是练习曲的孩子

愿意加入所有歌队

为了不让规范知道

我唱自己的歌

我唱呵,唱自己的歌

直到世界恢复了史前的寂寞

细长的月亮

从海边赶来向我:

为什么?为什么?

你唱自己的歌

1980 年 12 月

土地是弯曲的

土地是弯曲的
我看不见你
我只能远远看见
你心上的蓝天

蓝吗？真蓝
那蓝色就是语言
我想使世界感到愉快
微笑却凝固在嘴边

还是给我一朵云吧
擦去晴朗的时间
我的眼睛需要泪水
我的太阳需要安眠

1981 年 1 月

我是一个任性的孩子

  我想在大地上画满窗子
  让所有习惯黑暗的眼睛
  都习惯光明

也许

我是被妈妈宠坏的孩子

我任性

我希望

每一个时刻

都像彩色蜡笔那样美丽

我希望

能在心爱的白纸上画画

画出笨拙的自由

画下一只永远不会

流泪的眼睛

一片天空

一片属于天空的羽毛和树叶

一个淡绿的夜晚和苹果

我想画下早晨

画下露水所能看见的微笑

画下所有最年轻的

没有痛苦的爱情

画下想象中

我的爱人

她没有见过阴云

她的眼睛是晴空的颜色

她永远看着我

永远，看着

绝不会忽然掉过头去

我想画下遥远的风景

画下清晰的地平线和水波

画下许许多多快乐的小河

画下丘陵——

长满淡淡的茸毛

我让它们挨得很近

让它们相爱

让每一个默许

每一阵静静的春天的激动

都成为

一朵小花的生日

我还想画下未来

我没见过她,也不可能

但知道她很美

我画下她秋天的风衣

画下那些燃烧的烛火和枫叶

画下许多因为爱她

而熄灭的心

画下婚礼

画下一个个早早醒来的节日——

上面贴着玻璃糖纸

和北方童话的插图

我是一个任性的孩子

我想涂去一切不幸

我想在大地上

画满窗子

让所有习惯黑暗的眼睛

都习惯光明

我想画下风

画下一架比一架更高大的山岭

画下东方民族的渴望

画下大海——

无边无际愉快的声音

最后,在纸角上

我还想画下自己

画下一只树熊

他坐在维多利亚深色的丛林里

坐在安安静静的树枝上

发愣

他没有家

没有一颗留在远处的心

他只有，许许多多

浆果一样的梦

和很大很大的眼睛

我在希望

在想

但不知为什么

我没有领到蜡笔

没有得到一个彩色的时刻

我只有我

我的手指和创痛

只有撕碎那一张张

心爱的白纸

让它们去寻找蝴蝶

让它们从今天消失

我是一个孩子

一个被幻想妈妈宠坏的孩子

我任性

1981年3月

我们相信
　　——给姐姐

那时

我们喜欢坐在窗台上

听那筑路的声音

夏天，没有风
像夜一样温热的柏油
粘住了所有星星

砰砰，砰砰……

我们相信
这是一条没有灰尘的路
也没有肮脏的脚印

我们相信
所有愉快的梦都能通过
走向黎明

我们相信
在这条路上，我们
将和太阳的孩子相认

我们相信

这条路的骄傲

就是我们的一生

我们相信

把所有能够想起的歌曲

都唱给它听……

砰砰,砰砰……

呵,那时,曾经

我们坐在窗台上

听那筑路的声音

1981 年 3 月

小花的信念

在山石组成的路上
浮起一片小花

它们用金黄的微笑
来回报石块的冷遇

它们相信
最后,石块也会发芽
也会粗糙地微笑
在阳光和树影间
露出善良的牙齿

1981 年 4 月

自信

你说

再不把必然相信

再不察看指纹

攥起小小的拳头

再不相信

眯着眼睛

独自在落叶的路上穿过

让那些悠闲的风

在身后吃惊

你骄傲地走着

一切已经决定

走着

好像身后

跟着一个沮丧得不敢哭泣的

孩子

他叫命运

1981 年 4 月

不要在那里踱步

不要在那里踱步

天黑了
一小群星星悄悄散开
包围了巨大的枯树

不要在那里踱步

梦太深了
你没有羽毛

生命量不出死亡的深度

不要在那里踱步

下山吧
人生需要重复
重复是路

不要在那里踱步

告别绝望
告别风中的山谷
哭,是一种幸福

不要在那里踱步

灯光
和麦田边新鲜的花朵

正摇荡着黎明的帷幕

1981 年 4 月

我要成为太阳

我知道

那里有一片荒滩

阴云和巨大的海兽一起

蠕动着,爬上海岸

闪电的长牙

在礁石中咯咯作响

我知道

在那个地方

草痛苦地白了

黑玻璃弯成枝丫伸展着

像银环蛇

曲曲折折地闪光……

在那个地方

在倾斜的草坡上

有一个被打湿的小女孩,哭泣着

她的布头巾破了

鞋里灌满泥浆

她不是哭给妈妈看的

她是一个孤儿

孤零零地被丢在地平线上

像一棵

不许学习走路的小树

那样绝望

我要走向那个绝望的地方

走向她

我要吻去她脸上的泪水

我要摘去她心上的草芒

我要用哥哥的爱

和金色的泉水

洗去一切不幸

慢慢烘干她冰凉的头发

我要成为太阳

我的血

能在她那更冷的心里

发烫

我将是太阳

1981年6月

风偷去了我们的桨

就是这样
　　一阵风,温和地
　偷走了我们的桨
墨绿色的湖水,玩笑地闪光
"走吧,别再找了
　　再找出发的地方"

也许,夏雨的快乐
　　　　使水闸塌方
　在隐没的柳梢上
　青蛙正指挥着一家
　　　　练习合唱

也许,秋风吹干了云朵
　　大胆的蚂蚁
　正爬在干荷叶的

　　　　　帐篷上眺望

也许，一排年老的木桩

　　　　　　还站在水里

　　和小孩一起，等着小鱼

　　把干净的玻璃瓶

　　　　　在青草中安放

也许，像哲学术语一样的

　　　　湿知了

　　　　　　还在爬来爬去

　　遗落的分币

　　　　　　在泥地上冥想

　　不要再想

　　再想那出发的地方

　　风偷去了我们的桨

　　　　我们

　　将在另一个春天靠岸

　　堤岸又细又长

杨花带走星星，只留下月亮

　　　　只留下月亮

　　　　在我们的嘴唇边

　　　　把陌生的小路照亮

1981 年 6 月

我的心爱着世界

我的心爱着世界
爱着，在一个冬天的夜晚
轻轻吻她，像一片纯净的
野火，吻着全部草地
草地是温暖的，在尽头
有一片冰湖，湖底睡着鲈鱼

我的心爱着世界

她溶化了，像一朵霜花

溶进了我的血液，她

亲切地流着，从海洋流向

高山，流着，使眼睛变得蔚蓝

使早晨变得红润

我的心爱着世界

我爱着，用我的血液为她

画像，可爱的侧面像

金玉米和群星的珠串不再闪耀

有些人疲倦了，转过头去

转过头去，去欣赏一张广告

1981年6月

还记得那条河吗

还记得那条河吗?

她那么会拐弯

用小树叶遮住眼睛

然后,不发一言

我们走了好久

都没问清她从哪来

最后,只发现

有一盏可爱的小灯

在河里悄悄洗澡

现在,河边没有花了

只有一条小路

白极了,像从大雪球里

抽出的一段棉线

黑皮肤的树

被冬天用魔法

固定在雪上

隔着水，他们也没忘记

要相互指责

水，仍在流着

在没人的时候

就唱起不懂的歌

她从一个温暖的地方来

所以不怕感冒

她轻轻呵气

好像树杈中的天空

是块磨沙玻璃

她要在上面画画

我不会画画

我只会在雪地上写信

写下你想知道的一切

来吧，要不晚了

信会化的

刚懂事的花会把它偷走

交给吓人的熊蜂

然后，蜜就没了

只剩下那盏小灯

1981 年 6 月

十二岁的广场

我喜欢穿

旧衣裳

在默默展开的早晨里

穿过广场

一蓬蓬郊野的荒草

从空隙中

无声地爆发起来

我不能停留

那些瘦小的黑蟋蟀

已经开始歌唱

我只有十二岁

我垂下目光

早起的几个大人

不会注意

一个穿旧衣服孩子

的思想

何况,鸟也开始叫了

在远处,马达的鼻子不通

这就足以让几个人

欢乐或悲伤

谁能知道

在梦里

我的头发白过

我到达过五十岁

读过整个世界

我知道你们的一切——

夜和刚刚亮起的灯光

你们暗蓝色的困倦

出生和死

你们的无事一样

我希望自己好看

我不希望别人

看我

我穿旧衣裳

风吹着

把它紧紧按在我的身上

我不能痛哭

只能尽快地走

就是这样

穿过了十二岁

长满荒草的广场

1981 年 8 月

我会疲倦

    钟响了
我会疲倦，不，不是今天
    当彩灯和三色堇一起
飞散
    当得胜的欢呼
变得那么微弱，那么远
和干草的呼吸，混成一片
    当冬天的阴云
被冻得雪白，被冻得像银块那么
好看
    当发亮的军刀和子弹
被遗忘在草原上，生锈

远处是森林和山

    当我走到你的面前

握着你的手,吻你凉凉的眉尖

    当我失明了

看着你的灵魂,看着没有闪电的夜晚

    当我对你说

   永远,唯一

    当你对我说

   唯一,永远

     当香蕉和橘子睡熟了

大地开始下陷

    当玻璃爱上了蓝空

灰烬变得纯洁,火焰变得柔软

    当我们的头发白了

海洋干了,孩子,像一小群铝制的鸽子

   远去忘返

    当各种形状的叶子和

   国家,都懂了我们的语言

　　　　当心不再想

　　　钟哑了，历史不再遗憾

　　那时我才说，我会疲倦

　　　　会的，疲倦

　　　　慢慢，慢慢

　　像地下泉，一滴滴凝成了岩石

像一小片波浪，走向沙滩

1981 年 11 月

噢，你就是那棵橘子树

噢，你就是那棵

橘子树

你曾在暴雨中哭过

在风中惊慌地叫喊

你曾在积水中

端详过自己

不知为什么,向南方伸出

疲倦的手臂

让各种颜色的鸟

落在肩上

你曾有朱红的果子

它爱过太阳

还有淡青色调皮的果核

落在群星中间

你还有

那么多完美的叶子

她们只谈论你

像是在说不曾归来的父亲

直到怀念和想象

一起,飘向土地

在最后的秋天

她们都走了

天空收下了鸟群

泥土保存着树根

一个不洗头的小伙子

和钢锯一起唱歌

唱着歌，你倒下

变得粗糙和光润

变得洁净

好像情人凉凉的面颊

你也许会

变成棺木，涂满红漆

变成一只灌满

雨水的小船

告别褪色的芦苇和岸

在最平静的痛苦中

远去，你也许

会漂很久

漂到太阳在水中熄灭

才会被青蛙们发现

你也许并没有遇见

那么潮湿的命运

你只被安放在

屋子中间,反射着灯光

四周是壁毯、低语

和礼貌的大笑

在一个应当纪念的晚上

你的身上

蹦跳着

穿着舞蹈服装的喜糖

你应当记住那个晚上

记住呼吸和梦

记住欢乐是怎样

在哭喊中诞生

一只可爱的小手

开始握笔

开始让学走路的字

在纸上练习排队

开始写下

妹妹、水果和老祖父的名字

老祖父已经逝去

只有你知道

在那个蓝色的傍晚

他是怎样清扫过

和他头发一样

雪白的锯末

他细细地扫着

大扫帚又轻又软

轻轻落下,好像是

母鸵鸟遮挡幼鸟的羽毛

他扫着,注视着倒下的你

默想着第一次

见到你的时刻

那时，他可能也在

默写生字，咬着笔

看着窗外，那时

你第一次在这片

红土地上快乐地站着

叶子又细又小

充满希望

1981年12月

在大风暴来临的时候

在大风暴来临的时候
请把我们的梦,一个个
安排在靠近海岸的洞窟里
那里有熄灭的灯和石像
有玉带海雕留下的
白绒毛,在风中舞动
是呵!我们的梦
也需要一个窠了
一个被太阳光烘干的
小小的,安全的角落

该准备了,现在
就让我们像企鹅一样
出发,去风中寻找卵石
让我们带着收获归来吧
用血液使他们温暖

用灵魂的烛火把他们照耀

这样我们才能睡去——

永远安睡,再不用

害怕危险的雨

和大海变黑的时刻

这样,才能醒来,他们

才能用喙啄破湿润的地壳

我们的梦想,才能升起

才能变成一大片洁白

年轻的生命,继续飞舞,他们

将飞过黑夜的壁板

飞过玻璃纸一样薄薄的早晨

飞过珍珠贝和吞食珍珠的海星

在一片湛蓝中

为信念燃烧……

1982年1月

我要走啦

告别守夜的钟塔
谢谢,我要走啦
我要带走全部的星星
再不为丢失担惊受怕

告别粗大的篱笆
是的,我要走啦
你听见的偷苹果的故事
请不要告诉庙里的乌鸦

最后,告别河边的细沙
早安,我要走啦
没有谁真在这里长眠不醒
去等待十字架生根开花

我要走啦,走啦

走向绿雾蒙蒙的天涯

走哇！怎么又走到你的窗前

窗口垂着相约的手帕

不！这不是我，不是

有罪的是褐色小马

它没弄懂昨夜可怕的誓言

把我又带到你家

1982年2月

我的一个春天

木窗外

平放着我的耕地

我的小牦牛

我的单铧犁

一小队太阳

沿着篱笆走来

天蓝色的花瓣

开始弯曲

露水害怕了

打湿了一片回忆

受惊的蜡嘴雀

望着天极

我要干活了

要选梦中的种子

让它们在手心闪耀

又全部撒落在水里

1982 年 2 月

我会像青草一样呼吸

我会像青草一样呼吸
在很高的河岸上
脚下的水渊深不可测
黑得像一种鲇鱼的脊背

远处的河水渐渐透明
一直漂向对岸的沙地
那里的起伏充满诱惑
困倦的阳光正在休息

再远处是一片绿光闪闪的树林
录下了风的一举一动
在风中总有些可爱的小花
从没有系紧紫色的头巾

蚂蚁们在搬运沙土

绝不会因为爱情而苦恼

自在的野蜂却在歌唱

把一支歌献给所有花朵

我会呼吸得像青草一样

把轻轻的梦想告诉春天

我希望会唱许多歌曲

让唯一的微笑永不消失

1982 年 3 月

小春天的谣曲

我在世界上生活

带着自己的心

    哟！心哟！自己的心

    那枚鲜艳的果子

    曾充满太阳的血液

我是一个王子

心是我的王国

    哎！王国哎！我的王国

    我要在城垛上边

    转动金属的大炮

我要对小巫女说

你走不出这片国土

    哦！国土！这片国土

    早晨的道路上

    长满了凶猛的灌木

你变成了我的心

我就变成世界

    呵！世界呵！变成世界

    蓝海洋在四周微笑

    欣赏着暴雨的舞蹈

1982 年 4 月

老人（一）

老人

坐在大壁炉前

他的额在燃烧

他看着

那些颜色杂乱的烟

被风抽成细丝

轻轻一搓

然后拉断

迅速明亮的炭火

再不需要语言

就这样坐着

不动

也不回想

让时间在身后飘动

那洁净的灰尘

几乎触摸不到

就这样

不去哭

不去打开那扇墨绿的窗子

外边没有男孩

站在健康的黑柏油路上

把脚趾张得开开的

等待奇迹

1982 年 5 月

原来和后来

原来

我穿得干干净净

别着手绢

口袋上绣着一只

不会哭的猫

我去做游戏的时候

总请大人批准

而且说：

就一会会

后来

我摔了一跤

鼻子都沾上了沙土

一群可怕的马蜂

在树丛上嗡嗡乱叫

我不是强盗

没有真和它们打仗

只是忘了说：

假装的

1982 年 5 月

佛语

我穷
没有一个地方,可以痛哭

我的职业是固定的
固定地坐在那
坐一千年
来学习那种最富有的笑容
还要微妙地伸出手去
好像把什么交给了人类

我不知道能给什么
甚至也不想得到
我只想保存自己的泪水
保存到工作结束

深绿色的檀香全都枯萎

干燥的红星星

全部脱落

1982 年 5 月

生命的愿望

一

春天来的时候

木鞋上还沾着薄雪

山坡上霸道的小灌木

还没有想到梳头

春天走的时候

每朵花都很奇妙

她们被水池挡住去路

静静地变成了草莓

二

所有青色的骑士

都渴望去暴雨中厮杀

都想面对密集的阳光

庄严地一动不动

秋风将吹过山谷

荣誉将变得黯淡

黑滚珠一样的小田鼠

将突然窜过田野

三

即使星球熄灭了

果实也会燃烧

在印加帝国的酒窖里

储存着太阳的血液

浮雕上聚集着水汽

生命仍在要求

它将在地下生长

变成强壮的根块

1982 年 5 月

童年的河滨

我们常飘向童年的河滨

锥形的大沙堆代替了光明

石块迸裂后没有被腐蚀

淡淡的起伏中闪动黄金

是孩子就可以跳着走路

把塑料鞋一下丢进草丛

铁塔锈蚀得凸凸凹凹

比炸鱼的脆壳还要诱人

那陈旧的遗憾会纷纷坠落
孩子们还是要向上攀登
在斜线和直线消失的顶端
乔木并没有让出天空

高处的娃娃在捕捉光斑
"真美呀"渔夫忽然叹息一声
他是我,也是你,都是真的
他在那代表着真实的我们

大自然宏伟得像一座教堂
深深的墨绿色是最浓的宁静
在蝉声和蜘蛛丝散落之后
自信的小木板就漂进森林

想烫发的河水总是拥挤
不知为什么去参观树洞
那银制的圣诞节竟然会溶化

滑冰的长影子也从此失踪

最好是用单线画一条大船
从童年的河滨驶向永恒
让我们一路上吱吱喳喳
像小鸟那样去热爱生命

1982 年 6 月

有时,我真想
——侍者的自语

有时,我真想
整夜整夜地去海滨
去避暑胜地
去到疲惫的沙丘中间
收集温热的瓶子——

像日光一样白的,像海水一样绿的

还有棕黄色的

谁也不注意的愤怒

我知道

那个唱醉歌的人

还会来,口袋里的硬币

还会像往常一样。错着牙齿

他把嘴笑得很歪

把轻蔑不断喷在我脸上

太好了,我等待着

等待着又等待着

到了!大钟发出轰响

我要在震颤之间抛出一切

去享受迸溅的愉快

我要给世界留下美丽危险的碎片

让红眼睛的上帝和老板们

去慢慢打扫

1982年6月

节日

节日对于孩子们来说
就是一块大圆蛋糕
上边落着奶油的小鸟
生气的样子非常可爱

边上还有红绿丝的草坪
下面的土地非常松软
一枚跟随太阳的金币
正在那里睡觉

为了寻找那明亮的幸福

孩子悄悄亲了下餐刀

没有谁责怪这种贪心

世界本来属于他们

我们把世界拿在手里

就是为了一样样放好

我们还要默默走开

我们是不要酬劳的厨师

1982 年 6 月

分离

黑色的油污从山谷中浮起

乌鸦会飞

会带走我的羽毛

我还将留在世界上

在熄灭的细草中间

心最后总要滚动一下

才能变成石子

我知道历史

那个圆鼓鼓的商人

收购羽毛

口袋和他一起颤动

在习惯的叹息中

走下山去

1982 年 8 月

分别的海

    我不是去海边
    取蓝色的水
      我是去海上捕鱼
      那些白发苍苍的海浪
      正靠在礁石上
    端详着旧军帽
    轮流叹息

你说：海上
 有好吃的冰块在飘
别叹气
也别捉住老渔夫的金鱼
海妖像水螅
胆子很小
  别捞东方瓶子
  里边有魔鬼在生气

我没带渔具

　　没带沉重的疑虑和枪

　　　我带心去了

　　　我想，到空旷的海上

　　　只要说：爱你

　　鱼群就会跟着我

　　游向陆地

我说：你别关窗子

　别移动灯

让它在金珐琅的花纹中

燃烧

我喜欢精致的赞美

像海风喜欢你的头发

　别关窗子

　让海风彻夜吹抚

　　我是想让你梦见

有一个影子

　　在深深的海渊上飘荡

　　雨在船板上敲击

　　另一个世界没有呼喊

　铁锚静默地

　穿过了一丛丛海草

你说：能听见

　在暴雨之间的歌唱

像男子汉那样站着

抖开粗大的棕绳

你说，你还能看见

水花开放了

　下边是

　　乌黑光滑的海流

　我还在想那个瓶子

　从船的碎骨中

慢慢升起

　　它是中国造的

　　绘着淡青的宋代水纹

绘着鱼和星宿

淡青的水纹是它们的对话

我说：还有那个海湾

那个尖帽子小屋

那个你

窗子开着，早晨

你在黑发中沉睡

手躲在细棉纱里

　　那个中国瓷瓶

　　还将转动

1982 年 8 月

在白天熟睡

人们在黑夜里惊醒
又在白天熟睡

他们半闭着眼睛微笑
慢慢转过脸去
阳伞也会转动
花朵会放好裙子
松懈的恋人
会躺在绿长椅上发呆
石块上睡着胖娃娃和母亲
稀脏的男孩会把腿弄弯
哼哼着要去看狗熊
老人会通烟斗
会把嘴难受地张大

太阳也在熟睡

在淡蓝的火焰中呼吸

瞬间没有动

云和石棉布是雪白的

铝是崭新的

银闪闪变形的疼痛

正在一粒粒闪耀

夜晚也没有移动

在照相馆

风凉凉地吹着

在各种尺寸的微笑后面

风凉凉地吹着

那个空暗盒是空的

灰尘在发困

1982 年 8 月

在尘土之上 ①

尘土可以埋葬村庄
可以埋葬水
埋葬在水边开出大片花朵的愿望
可以在远离水鸟的内陆
吸一口气
让风吹出细细的波浪

我始终相信
人类不会这样灭亡
雨在谷地和新鲜的平原上飘洒
他们在密集地走动
紫云英在软软的墓地上生长
他们走动的姿态在渐渐改变
天空开始晴朗

1982 年 8 月

---

① 这首《在尘土之上》的早期版本中,结尾多出两行:
淡蓝色的天光,青春 / 闪在一个又一个少女脸上

溯水

我习惯了你的美
正像你习惯了我的心
我们在微光中
叹一口气
然后相互照耀

在最深的海底
我们敢呼吸了
呼吸得十分缓慢
留在浅水中的脚
还没有变成鱼

它不会游走
冬天也在呼吸
谁推开夜晚的窗子
谁就会看到

海洋在变成洼地

有一个北方的离宫
可以从桥上走过
可以在冰面上
亲吻新鲜的雪花
然后靠紧墙壁

温暖温暖的墙壁
小沙漠的、火的、太阳的
墙壁
真不相信
那就是你

真不相信
她就是你
在许多年前
在许多发亮的石块那边

她就是你

她低低地站着
眉心闪着天光
彩色的雨正在飘落
大风琴正冲击着彼岸
我在赞美上帝

1982 年 10 月

暮年

你独自走上平台
你妻子
已被黑丝绒覆盖
墓地并不遥远
它就悬挂在太阳旁边

回忆使人感到温暖

日蚀后

嗡嗡逃走的光线

使人想到

一个注满土蜜的蜂巢

一切并不遥远

真的

天蓝色的墓石

会走来

会奉献那些纯金熔出的

草叶和鸟雀

它们会彻夜鸣叫

在你四周

在早晨

会伪装成细小的星星

你搜集过许多星星

曾涉过黎明的河

去红松林

看一位老者

他的女儿是启明星

而他像一片雪地

树皮在剥落

春天在变成云朵

终于有一双红靴子

穿过了森林小路

你曾赤着脚

长久地站着

细心地修理一块壁板

你使椴木润滑

现出绢丝的光亮

又一点点刷上清漆

你在新房中

画满东方的百合

你的新娘

就是傍晚的花朵

你曾在天黑以后

从窗帘后退进山谷

巫师在烧火

偷猎者在山顶唱歌

一大群石子

拖着尾巴

在磨擦生铁的容器

有一勺锡水

想变成月亮

绝望地向四面溅开

你曾被焚烧过

被太阳舔过

你曾为那只大食蚁兽

而苦恼

它就在战场尽头

你的钢盔油亮

你像甲虫一样

拼命用脚拨土

直到凯旋柱"当啷"一响

打翻了国会和菜盆

你稳稳地站起来

你独自走下平台

你被晒得很暖

像一只空了的鸟巢

雨季已经过去

孩子们已经飞散

南风断断续续地哭着

稻束被丢在场上

稻束被丢在场上

阳光在松松地散开

1982 年 10 月

订婚

这个世界是唯一的
人都要回家
都要用布把星星盖好
然后把灯碰亮

影子扑倒在墙上
好像出现了门
接着又拖到床下
去啃那捆过时的消息

经过折叠的礼貌
悬挂在糕点旁边
客人们研究一番水彩
就用勺去划瓷器

妈妈叫女儿了

声音不长不短

水流平稳地抚摸着

没有洗净的碗碟

她在走廊尽头

靠紧钉死的窗子

河流在远处抽动

似乎闪耀着恸哭

1982 年 10 月

我曾是火中最小的花朵

我曾是火中最小的花朵

总想从干燥的灰烬中走出

总想在湿草地上凉一凉脚

去摸摸总触不到的黑暗

我好像沿着水边走过

边走边看那橘红飘动的睡袍

就是在梦中也不能忘记走动

我的呼吸是一组星辰

野兽的大眼睛里燃着忧郁

都带着鲜红的泪水走开

不知是谁踏翻了洗脚的水池

整个树林都在悄悄收拾

只是风不好,它催促着我

像是在催促一个贫穷的新娘

它在远处的微光里摇摇树枝

又跑来说有一个独身的烟囱——

"一个祖传的青砖镂刻的锅台

一个油亮亮的大肚子铁锅

红薯都在幸福地慢慢叹气

火钳上燃着幽幽的硫磺……"

我用极小的步子飞快逃走
在转弯时吮了吮发甜的树脂
有一棵小红松像牧羊少年
我哗哗剥剥笑笑就爬上树顶

我骤然像镁粉一样喷出白光
山坡忽暗忽亮扇动着翅膀
鸟儿撞着黑夜,村子敲着铜盆
我把小金饰撒在草中

在山坡的慌乱中我独自微笑
热气把我的黑发卷入高空
太阳会来的,我会变得淡薄
最后幻入蔚蓝的永恒

1982 年 10 月

南国之秋（二）

我要在最细的雨中
吹出银色的花纹
让所有在场的丁香
都成为你的伴娘

我要张开梧桐的手掌
去接雨水洗脸
让水杉用软弱的笔尖
在风中写下婚约

我要装作一名船长
把铁船开进树林
让你的五十个兄弟
徒劳地去海上寻找

我要像果仁一样洁净

在你的心中安睡

让树叶永远沙沙作响

也不生出鸟的翅膀

我要汇入你的湖泊

在水底静静地长成大树

我要在早晨明亮地站起

把我们的太阳投入天空

1982 年 11 月

最凉的早晨

树木背过身去哭

开始是一棵

后来是整个群落

它们哭到天明

雪白的尘埃就覆盖了一切

一切都在尘埃中飘浮

微微错动的影子

忽明忽暗的脚步

走直线的猎人

不断从边缘折回

在早晨的中心

有一只暖暖的小熊

它非常宠爱自己

就像是

大白山的独生女儿

1982 年 11 月

东方的庭院

因为寂静

我变成了老人

擦着广播中的锈

用砖灰

我开始挨近那堵墙

掘湿土中的根须

透明的乐曲不断涌出

墙那边是幼儿园

孩子拍手

阳光在唯一的瞬间闪耀

湖水是绿的

阴影在亲吻中退去

草地上有大粒的露水

也有落叶

我喜欢那棵树

他的手是图案

他的样子很呆

在远处被洗净的台阶上

脚步停了

葡萄藤和铁栏杆

都会发明感情

草地上还有

纯银的蜘蛛丝

还有木俑般

走向大树的知了

还有那些蛤蟆

它们在搬运自己的肚子

它们想跳得好些

一切都想好些

包括秋天

他脱下了湿衣服

正在那里晾晒

包括美国西部的城镇

硬汉子,硬汉子

它们用铁齿轮说话

我是老人了

东方的庭院里一片寂静

生命和云朵在一个地方

鸟弯曲地叫着

阳光在露水中移动

我会因为热爱

而接近晴空

1982 年 11 月

海峡那边的平安

没有出海的人
都平安了
都在陆地上观看
波浪一下下摇散了头发
吐出凉凉的舌头
没有看见
鱼鳍形的帆
侧着身沿着岸边逼近
渔灯又红又暗
表示累了
一只手松开妻子的发簪
螃蟹不知为什么挣扎着
变成铜板

所有出海的人
都平安了

都收缩在本能的水面下

安睡

水母守护着他们

再不会梦见

那些数字

和古老的蟑螂一起爬着

离开了账单

上天的风

正嗡嗡吹过海岸

人和贝壳

鸣叫着

灰白色的存在存在着

平安

1982 年 12 月

异地

冷冷落落的雨
弄湿了洼陷的屋顶
我在想北方
我的太阳和灰尘
自从我离开了那条路
我的脚上就沾满泥泞
我的嘴就有苦味
好像草在湿雾里燃动

我曾像灶火一样爱过
从午夜烧到天明
现在我的手指
却触不到干土和灰烬

缓缓慢慢的烟哪
匆匆忙忙的人

汽车像蝴蝶虫一样弯扭着
躲开了路口的明星

出于职业习惯
我赞美塑料的眼睛
赞美那些模特
耐心地等小偷或情人

我忘了怎样痛哭
怎样躲开天空
我严肃地摇着电线
希望能惊动鸟群

1983年2月

我不知道怎样爱你

我不知道怎样爱你

走私者还在岛上呼吸
那盏捕蟹的小灯
还亮着,红的
非常神秘,异教徒
还在冰水中航行
在兽皮帆上擦油
在桨上涂蜡
把底舱受潮的酒桶
滚来滚去

我不知道怎样爱你

岸上有凶器,有黑靴子
有穿警服的夜

在拉衬衣，贝壳裂了
石灰岩一样粗糙的
云，正在聚集
正在无声无息地哭
咸咸地，哭
小女孩的草篮里
没放青鱼

我不知道怎样爱你

在高低不等的水洼里
有牡蛎，有一条
被石块压住的小路
通向海底，水滴
在那里响着
熄灭了骤然跌落的火炬
铅黑黑的，凝结着
水滴响着

一个世纪，水滴

我不知道怎样爱你

在回村的路上
我变成了狗，不知疲倦地
恫吓海洋，不许
它走近，谁都睡了
我还在叫
制造着回声
鳞在软土中闪耀
风在粗土中叹气
扁蜗牛在舔泪迹

我不知道怎样爱你

门上有铁，海上
有生锈的雨

一些人睡在床上

一些人漂在海上

一些人沉在海底

彗星是一种餐具

月亮是银杯子

始终漂着，装着那片

美丽的柠檬，美丽

别说了，我不知道自己

1983 年 2 月

延伸

城市正在掘土

正在掘郊区粘湿的泥土

它需要

一队队新鲜的建筑

一队队像恐龙一样愚钝的建筑

向前看着

角上菱形的甲板

被照得很亮

城市向前看着

鸟在月亮里飞

灰色的鸟飞过月亮

那些树没有树皮

很干净

现出新婚时淡淡的光辉

那些古树

那些被太阳疯狂揉过的绿草

那些前额始终低狭的板房

蹲在那

不太高兴

不想管身后的事情

在钢铁肥厚的手掌下
在龙虾不断拨动的水沫中
是最后的花了
是最后的花了
最后的春天
紫色还那么胆小
金黄色还那么忧郁

我在想第一次亲吻

1983 年 3 月

都市留影

一

在烛火和烛火之间
亮着残忍的黎明

整个帝国都在走动
都在哗哗地踏着石子
头盔下紧收着鼻翼

二

这是一种享受
中午的风吹着尘土
筒裤向前汹涌

三

有人在涂油漆

时间滴落在地上

有人在涂粘稠的奶油

不幸有一股怪味

四

我在桥上弄鞋跟

防止道路脱落

春天在桥下

不高,唇不红

口袋里有去年的酸果

五

下桥,向后转弯

有公园

晒热的水到腿上

更衣室里没人

影子有罪

在阳光下齐齐地铲土

六

"还可以去找证人"

废水在雪地上流着

青蛙在树上大叫

青虾是一种夜晚

还找证人

星星的样子有点可怕

死亡在一边发怔

1983年6月

夜航

那个黄颜色过道始终响着
低低的笑声

褐色的水在底舱流着
在各种管道里响着
褐色变成了水汽
很哑很哑的笑声
很哑很哑越来越重的水汽

门开了是一个人
一个人走不进来
到处涂着油漆
水星星落在脚上
到处涂着温暖绝望的油漆

我喜欢干净的水

我喜欢水的墙壁

我把手贴在墙上

温水在我脚下升起

温水闷死了一声吼叫

银色的圆的责备

我在一个地方赤裸地站着

紧紧收着两翼

锈了的铁把尖端磨光

充满光辉沉重的河水

船在远处一漂一飘

那个笑过的没人的过道

1983年6月

很久以来

很久以来
我就在土地上哭泣
泪水又大又甜

很久以来
我就渴望升起
长长的,像绿色植物
去缠绕黄昏的光线

很久以来
就有许多葡萄
在晨光中幸运地哭着
不能回答金太阳的诅咒

很久以来
就有洪水

就有许多洪水留下的孩子

1983年6月

海的图案

一

一间房子,离开了楼群

在空中独自行动

蓝幽幽的街在下边游泳

我们坐在楼板上

我们挺喜欢楼板

我们相互看着

我们挺喜欢看着

二

一个人活过

一个人在海边活过

有时很害怕

我想那海一定清凉极了

海底散放着带齿的银币

我想那一定清凉极了

椰子就喜欢海水

三

房子是木头做的

用光托住黑暗

在一束光中生活多久

是什么落在地上

你很美,像我一样

你很美,像我一样

空楼板在南方上空响着

四

从三角洲来的雷电

我被焚烧了

我无法吐出火焰

通红的树在海上飘着

我无法吐出有毒的火焰

海很难

海露着白白的牙齿

五

有一页书

始终没有合上

你知道,雨后有一种清香

有时,呼吸会使水加重

那银闪闪巨大的愿望

那银闪闪几乎垂落的愿望

有一页书正在合上

六

我握着你的手

你始终存在

粘满沙粒的手始终存在

太平洋上的蜂群始终存在

从这一岸到那一岸

你始终存在

风在公海上嗡嗡飞着

七

门大大开了

门撞在墙上

细小的精灵飞舞起来

蛾子在产卵后死去

外边没有人

雨在一层层记忆中走着

远处的灯把你照耀

八

我看见椰子壳在海上漂

我剖开过椰子

我渴望被海剖开

我流着新鲜洁白的汁液

我到达过一个河口

那里有鸟和背着身的石像

河神带着鸟游来游去

九

我在雨中无声地祈祷

我的爱把你环绕

我听见钟声在返回圣地

浅浅的大理石上现出花纹

浅浅的大理石的花纹

浅浅的大理石的花纹

我用生命看见

十

海就在前面

又大又白闭合的海蚌

就在面前，你没有看见

海就在我身边颤动

一千只海鸟的图案

就在我身边颤动

你没有看见那个图案

1983年7月

浅色的影子

浅颜色的影子在接纳秋天

夏天的鸟呢

胸衣在平台上飞着

很久，很久的风在天上

紫色的秋天

白色的鸟在光束间飞舞

现在的问题是窗子

夫人温热的透镜

花蔓像金属一样

在边缘生长

从拜占庭,从很久以前

水晶就显示了死的美丽

我们说黑夜

我们长方形的火焰和瓶子

那紫色告诉过我们什么

那节节草可以调节的钟

时间在每颗砂子里颤抖

红色的大蚂蚁叫作生命

永远不会有风

一队队尘土可以驰去

可以说

云躺在狗的床上,被抬着走

可以爱，很美的叶子

使血液充满波纹

1983 年 7 月

也许，我是盲人

也许，我是盲人

我只能用声音触摸你们

我只能把诗像手掌一样张开

伸向你们

我大西洋彼岸的兄弟

红色的、淡色的、蓝色的、黑色的

我大西洋彼岸开始流泪的花朵

那声音穿越了无限空虚

1983 年 7 月

的确,这就是世界

的确,这就是世界
一个属于丁香花的节日
她在那,和同伴说话
她十九岁
身后是四月和五月

我清楚地看着她
中间是田野
我清楚地看见你最淡的发丝
紫色的暴风雨正飘过田野
漂亮的暴风雨呵

你喜欢湖泊吗
你要几个吗?松耳石的
花上有卷着薄金的纹饰
你要几个,够么

花冠散落在红胶土上

我回答过
五月,六月,七月
早晨的呼吸有点热了
那些花有点远了
我没有在世界上活过

1983 年 7 月

许多时间,像烟

有许多时间,像烟
许多烟从艾草中出发
小红眼睛们胜利地亮着
我知道这是流向天空的泪水
我知道,现在有点晚了

那些花在变成图案

在变成烛火中精制的水瓶

是有点晚,天渐渐暗下来

巨大的花伸向我们

巨大的溅满泪水的黎明

无色,无害的黑夜的泪水

我知道,他们还在说昨天

他们在说

子弹击中了铜盘

那个声音不见了,有烟

有翻卷过来的糖纸

许多失败的碎片在港口沉没

有点晚了,水在变成虚幻的尘土

没有时间的今天

在一切柔顺的梦想之上

光是一片溪水

它已小心行走了千年之久

1983 年 9 月

动物园的蛇

你从岩石中顺利地溜出
接着就丢在那
你被自己忘了

一小团温热的灯光
沙子、水、很脏的玻璃
一小团钨丝烘热的空气
沙子、水、玻璃上的树枝

钨丝像一个伤口微微张开
玻璃里被磨光的树枝

沙子撒落在伤口四周

沙子、水、光散布在伤口四周

光聚集在伤口周围

被堵塞了，伤口微微张开

枯枝像一片叶子

一小团温暖的伤痛

遥远的泡沫还在喧嚷

孩子的手像小吸盘一样吸着

白天和黑夜要把他带走

1983 年 10 月

分布

在大路变成小路的地方

草变成了树林

我心里荒凉得很
舌头下有一个水洼

影子从身体里流出
我是从一盏灯里来的

我把蟋蟀草伸进窗子
眼睛放在后面,手放在街上

1983 年 11 月

就在那个小村里

就在那个小村里
穿着银杏树的服装

有一个人,是我

眯起早晨的眼睛
白晃晃的沙地
更为细小的蝇壳没有损坏

周围潜伏着透明的山岭
泉水一样的风
你眼睛的湖水中没有海草

一个没有油漆的村子
在深绿的水底观看太阳
我们喜欢太阳的村庄

在你的爱恋中活着
很久才呼吸一次
远远的荒地上闪着水流

村子里有树叶飞舞

我们有一块空地

不去问命运知道的事情

1983 年 11 月

剥开石榴

安达曼海上漂着自由
安达曼海上漂着石头
我伸出手
向上帝傻笑
我们需要一杯甜酒

每个独自醒来的时候
都可以看见如海的忧愁
贤慧的星星
像一片积雪
慢慢吞吞地在眼前漂流

就这样无止无休
最大的炼狱就是烟斗
一颗牙
几团光亮的尘沫

上帝从来靠无中生有

那些光还要生活多久
柔软的手在不断祈求
彼岸的歌
是同一支歌曲
轻轻啄食过我们的宇宙

1984 年 2 月

我是你的太阳

我在悬浮的巨石间移动
我没有自己的光
尘埃在北方营地上嘤嘤消失

我没有一丝光亮

血液像淡淡的河水
一路上垂挂的是清晨的果实

在生长中轻轻回转
把潮湿的多足虫转向中午
草叶和打谷场爆出白色的烟缕

我知道红砂土的火将被鱼群吞食
在近处游着我的中指
我知道婚约投下的影子

所有海水都向我投出镜子
大平原棕色的注视
你的凝视使气流现出颜色

在你的目光里活着
永远被大地的光束所焚烧
为此我成为太阳，并且照耀

1984 年 3 月

来源

泉水的台阶
铁链上轻轻走过森林之马

我所有的花,都是从梦里来的

我的火焰
大海的青颜色
晴空中最强的兵

我所有的梦,都是从水里来的

一节又一节阳光的铁链
小木盒带来的空气
鱼和鸟的姿势
我低声说了声你的名字

1984年6月

熔点

阳光在一定高度使人温暖
起起伏伏的钱币
将淹没那些梦幻

橘红色苦闷的砖

没有一朵花能在土地上永远漂浮
没有一只手,一只船
一种泉水的声音

没有一只鸟能躲过白天

正像没有一个人能避免
自己
避免黑暗

1984 年 9 月

是树木游泳的力量

是树木游泳的力量
使鸟保持它的航程
使它想起潮水的声音
鸟在空中说话
  它说：中午
  它说：树冠的年龄

芳香覆盖我们全身
长长清凉的手臂越过内心
我们在风中游泳
寂静成型
我们看不见最初的日子
最初，只有爱情

1985 年 5 月

万物

每个人都被河水洗过
　　　都有一片土地
在那里生长着繁茂的韭花
　　草弯过来编成篮子
河那边有集市
有开紫花的短墙
　太阳晒着的悬崖
　住着魔鬼的儿子
每个人都像蒺藜那样
　堆放　散开
阳光下摇一摇根须

1985 年 7 月

我们写东西

我们写东西
像虫子　在松果里找路

一粒一粒运棋子
有时　是空的

集中咬一个字
坏的
里边有发霉的菌丝
又咬一个

不能把车准时赶到
松树里去
种子掉在地上
遍地都是松果

1986 年 2 月

革命

上天的手
写下那些字

平原上的暴行
小小宇宙中的舞会
不是谁践踏了谁
绿草丝缠住了所有车轮

大海并没有翻身
蓝色还那么干净
它只用一根吊线
就弹碎了水珠的安宁

绿草在墓石中延伸
一支木笛持续发音

1986 年 5 月

子弹

我听够了世界的胡说八道
说鸟属于网
鱼也属于网
牛属于锯开的松树
南美洲牛蝇属于松胶

我的嗓子属于公鸡
而鸡属于最后一刀

种了二百年玉米
子弹直往下掉

光荣属于齿轮,柔软属于黄金
我只想在天涯海角放石头和葡萄

1986 年 10 月

门叠

你像花保存着那一天
那是甜的,你结婚的日子
你走街上,明亮到处都是
树叶把你挡着,插花的
篮子,悄悄移动

车站上,有许多桃子和筐
你走着,深情如大地
有谁这样爱果子
帘布轻轻落下
雪的果篮,铺满夏天的阴影

困倦的时候
肢体依旧馨香
这个梦里,我要去
很多地方,走长长方方

的房子，门上
的涟漪，微风摇荡
我依旧绝望，推门
忘了叠纸，叠纸
忘了把门叠上

1987 年 1 月

往世

来到这个世界上
我什么也不知道
我只知道
我忘了一件事
我用诗想这件事

来到这个世界上

我知道了一件件事

都不说

那件事

诗让我说那件事

我会逃走

路会消失

1987年6月 德·明斯特

直塘

鸟

  在岸上睡了

鱼

  在水里睡了

柚子在沙田坝里垂着

十几里水，十几里月色

水在天上
天在水里
云彩悄悄隐没

十几里水路睡了

有人放桨
唱歌
　　咿哦，咿哦
十几里水
　　草晃了

早起的人遮遮灯火

1987 年 6 月　奥地利

墓床

我知道永逝降临,并不悲伤
松林间安放着我的愿望
下边有海,远看像水池
一点点跟我的是下午的阳光

人时已尽,人世很长
我在中间应当休息
走过的人说树枝低了
走过的人说树枝在长

1988 年 1 月

你看我的时候

你看我的时候

大地变成窗子

白云一片片飞

下边是更亮的天空

车站上许多人

被照得透明

后边是更大的门

你看我的时候

大地变成镜子

白云一片片飞

都是彩色的倒影

车站惊讶地打开

田野连着山峦

果树一重又一重

你看我的时候

大地变成房子

白云一片片飞

秋天是我们的客厅

车站是布景

四壁挂满恒星

人们提着回家的彩瓶

你看我的时候

大地变成了钟

盖子一下打开

到处都是声音

墙上爬满齿轮

太阳不再上升

1988 年 6 月

字典

我们带来了饼干

带来一把闪光的大锯

带来了钉子和很多世界的东西

我们来自一只沉船

世界在深处吐着银泡

一次次企图依靠记忆

我想起山上有一个字典

被早晨的阳光翻来翻去

在有花的地方坐下

一切将从这里开始

我的妻子要为我生育部族

树木摇动松果　针叶瑟瑟

　　　描画心中的花纹

1988 年 7 月

万一

我喜欢用黄木头盖房子

当天气好的时候

当云彩很淡的时候

夹着泥土

一块一块

垒到高处

每天我只要收一粒稻谷

我害怕期待

也害怕　巨大的幸福

我喜欢　每天收一粒稻谷

在万字中走一的道路

1988 年 9 月

答案

这是最美的季节
可以忘记梦想
到处都是花朵
满山阴影飘荡

这是最美的阴影
可以摇动阳光
轻轻走下山去
酒杯叮当作响

这是最美的酒杯
可以发出歌唱
放上花香捡回
四边都是太阳

这是最美的太阳

把花印在地上

谁要拾走影子

谁就拾走光芒

1988 年 11 月

一个夏天

中午的影子让我忧愁
它向西边就飘过去了
一枝枝都像水草的叶子

一个夏天就这样生活
水湾平静地流着洪水
一支歌唱出了许多歌

敲一敲台阶下还有台阶
石头打出苹果的青涩
一棵树也锯成许多许多

烟和咳嗽最喜欢搅和
娃娃笑总比哭令人快活
风起时门前已经空廊

1989 年 3 月

实话

陶瓶说,我价值一千把铁锤
铁锤说,我打碎了一百个陶瓶

匠人说,我做了一千把铁锤
伟人说,我杀了一百个匠人

铁锤说,我还打死了一个伟人
陶瓶说,我现在就装着那个伟人的骨灰

1989年8月

煮月亮

画石头、鸡和太阳
话生活、愿望和悲伤
反反复复钉钉子
狗一直叫到晚上

锯
坏木头
支
断房梁
拾
废纤板
补
破屋墙
没说话没画画
你煮饭我煮裂开的月亮

1990 年 7 月

花是这样落的

花是这样落的
裁剪新衣服累憔悴了
花是这样落的
写了一夜诗泪流尽了
花是这样落的
看见露水的孩子心蕊化了
花是这样落的
对月亮发脾气把头发拔了
花是这样落的
最后忽然想起抓住蜗牛的小房子

藏于落花中间
蜗牛它不冷么?

有些无关的蘑菇成了传说

1990 年 8 月

因为思念的缘故

我会慢慢修一条小路
使它通向林中小屋
玻璃上有太阳和蓝色
还有金银草和小鸟飞舞
我让木风车轻轻转动
播撒我们心里的幸福
我让阳光没有遮拦
穿过我们透明的肌肤

一颗心被箭射中
因为思念的缘故

许许多多大昆虫说着
就开始和鸟抢吃苞谷
有一些被羊吃掉
剩下的还得提防老鼠

我们把事情安排停当
就回想那个听来的地图
说山也高林也密月亮都怵
说进不去出不来风都糊涂

我知道这一天无法记住
因为思念的缘故

一路上我收集了些种子
想它们重新开花长成小树
星星打扮好了都在下山
月亮犹犹疑疑却不孤独
空地上有我刚翻过的绿土
擦擦锄就落进了迷雾
忽然落到梦里变成件衣服
在你离去时为你祝福

字迹已经模糊

因为思念的缘故

1991 年 3 月

活命歌

修个平台
建个厕所
生命生活微微相合
砌个梯田
搭个鸡窝
生命生活悄悄错过

生命助长生活叫创造
生命毁坏生活叫罪恶
生活中有生命
　　生活才有意义

生命中有生活

　　生命才有依托

祝愿我们永远幸运

生命的力量不要太强

生活的惯性不要太弱

1991 年 6 月

你喜欢歌谣

你喜欢歌谣　孩子

这歌是唱给你的

这漂亮的蜜色的火焰

一次次被秋天吹动

早晨干净得像一块玻璃

上边有水　亮着

开始还不知道呢

为你在树林里歌唱

唱过的树都倒了

花开如火　也如寂寞

1991 年 9 月

要用光芒抚摸

这个岛真好
一树一树花
留下果子

我吃果子
只是为了跟花
有点联系

光没有罪恶
要用光芒抚摸

你把我没入水中
吐出空气
吐出人和树
你让我站到最深的地方
站在柔软凄凉的光上

我知道我的道路

是最美的

1992 年 1 月

然若

一直走，就有家了

那个人没走

铁狮子巷没了

二十岁的地方

    都不见了

好像是挂在树上

说明飞过

看一片绿绒绒的青苔

说是草地

现在树枝细着

风中摇摇

二十岁的我们

   都不见了

树身上有许多圆环

转一转就会温暖

1992年8月

岛

好久没看见雪了
只有春天　和绣球花
开得盛呢　盖着
我薄薄的屋顶

有人爱花　有人爱人
有人爱雪　而我
却爱灰烬的纯洁

提水看山　看火被烟带走
落叶纷纷　绿荫长长
光束累累

阳光　水　和灰烬
一朵花的颜色
爱的三个季节

1993 年 7 月

回家

我看见你的手

在阳光下遮住眼睛

我看见你的头发

被小帽子遮住

我看见你手投下的影子

在笑

你的小车子放在一边

杉

你不认识我了

我离开你太久的时间

我离开你

是因为害怕看你

我的爱

像玻璃

是因为害怕

在台阶上你把手伸给我

说：胖

你要我带你回家

在你睡着的时候

我看见你的眼泪

你手里握着的白色的花

我打过你

你说这是调皮的爹爹

你说：胖喜欢我

你什么都知道

杉

你不知道我现在多想你

我们隔着大海

那海水拥抱着你的小岛

岛上有树外婆

和你的玩具

我多想抱抱你

在黑夜来临的时候

杉

我要对你说一句话

杉，我喜欢你

这句话是只说给你的

再没有人听见

爱你，杉

我要回家

你带我回家

你那么小

就知道了

我会回来

看你

把你一点一点举起来

杉，你在阳光里

我也在阳光里

1993年9月23日飞机上

图书在版编目（CIP）数据

在大地上画满窗子：顾城的诗 / 顾城著. -- 杭州：浙江教育出版社, 2024. 11. -- ISBN 978-7-5722-8607-0

Ⅰ. I227

中国国家版本馆CIP数据核字第2024BN9993号

在大地上画满窗子 顾城的诗
ZAI DADI SAHNG HUA MAN CHUANGZI GU CHENG DE SHI
顾城 著

责任编辑	赵清刚
美术编辑	韩 波
责任校对	马立改
责任印务	时小娟
选题策划	大愚文化
产品监制	王秀荣
特约编辑	朱 江
封面设计	申海风
版式设计	申海风
内文插画	杨小婷
出版发行	浙江教育出版社
	地址：杭州市环城北路177号
	邮编：310005
	电话：0571-88900883
	邮箱：dywh@xdf.cn
印　　刷	北京盛通印刷股份有限公司
开　　本	787mm×1092mm　1/32
成品尺寸	115mm×180mm
印　　张	9.5
字　　数	98 000
版　　次	2024年11月第1版
印　　次	2024年11月第1次印刷
标准书号	ISBN 978-7-5722-8607-0
定　　价	49.00元

版权所有，侵权必究。如有缺页、倒页、脱页等印装质量问题，请拨打服务热线：010-62605166。